やさしい心で

気功と気によるカウンセリングによりそって

からしま☆としこ著

表紙画・さし絵　阿見みどり

世界中の人に
幸せになってほしいから
愛とやさしさの
エネルギーを
あなたにささげます

からしま☆としこ

序章　気功と気によるカウンセリングに巡り合って　9

1章　幸せカレンダー　33

2章　やさしさをいっぱいに…　51

3章　地球はゆりかご　71

序章　気功と気によるカウンセリングと巡り合って

愛をまこう

みんなみんな
愛をまこうよ

家にも
学校にも
電車にも
職場にも
友達にも
親せきにも
そして自分自身の
心の中にも

みんなみんな
愛をまこうよ

そして地球にも
宇宙にも
動物達にも
植物達にも
みんなみんな
愛をまこうよ

始めは一人ぼっち
かもしれない

でも愛を
一人〳〵が
気付いた人から
まいていけば
家でも
学校でも
電車でも
自分自身の
心の中にも
きっと〳〵
愛の合唱が
起こってくると想うよ

愛のハーモニーが
地球を
宇宙を
包んでいくと想うよ

みんなみんな
愛をまこうよ
愛で地球が
包まれていくように……

〝愛のメッセージ〟を流そう

一人ぼっちじゃあ
寂しいけれど
一人ぼっちじゃあ
不安だけれど
私はみんなに
日本中のみんなに
世界中のみんなに
〝愛の歌のメッセージ〟を
流し続けたい

一人ぼっちだから
いろんな挑戦もできる
一人ぼっちだから
大きな夢も
ふくらませる

いろんなところの
一人〳〵の
あたたかい
〝愛のメッセージ〟が
いつか
平和に続く
大きなうねりとなって

世界中の一人〳〵が
その人なりの
〝愛のメッセージ〟を
流し続けてくれると
私は信じています

教えながら…

気功を教えながら
私は
いろんな人から
愛をもらいます
やさしさを
もらいます
幸せをもらいます

カウンセリングを
教えながら
私は
いろんな人から

愛をもらいます
やさしさを
もらいます
幸せをもらいます

ほのぼの

ほのぼのとしたり
和気あい〳〵としたり
ゆったりとした時間があったり
心がぬくぬくしたり
……
……
そんな事が
いっぱいの
いっぱいの
世の中になったら
皆　もっと

楽に
楽しーく
生きられるのにね

私の夢

私の夢は
世界中の人々が
幸せになること

私の夢は
やさしいひとが
大切にされる
世の中になること

私の夢は
地球を…
星を…
太陽を…
月を…
すべての人が
愛してくれること

私の夢は
動物と
植物と
人間が
楽しく
仲良く
暮らせること

私の夢は
私の体と
私の魂が
いつも　キラ〳〵輝いて

あたりを
あたりの人を
幸せ色のベールで
包むこと

私

大自然に
生かしていたゞいている
私…

人を幸せにする為に
産まれた
私…

キラめいて生きる為に
生まれた
私…

そんな〝私〟に
なっていきたい

◇

肩に入っていた力を
ちょっとずつ
ちょっとずつ
抜いていき

心も体も
やわらか〜く
やわらか〜く

自然の中に
心と体が
とけこんでいくように…
自然と一体に
なっていくように…

身も心も
ゆるんだ私でいたい

心の灯《ともしび》

やわらかく　温かな言葉と
やさしい物腰《ものごし》は
人の心に
〝ポッ〟と明るい
火を　ともします

やわらかくやさしい心

心を
やわらかく
やさしくしていくと
いろんな人が
助けてくれます

見知らぬ人でさえ
ほほ笑みかけて
くれます

やさしさのバリア

ゆるんで
やわらかい気《（エネルギー）》が
あたり一面に
溢《あふ》れ出ている時
人はやさしさの
バリアに
包まれている
気がします

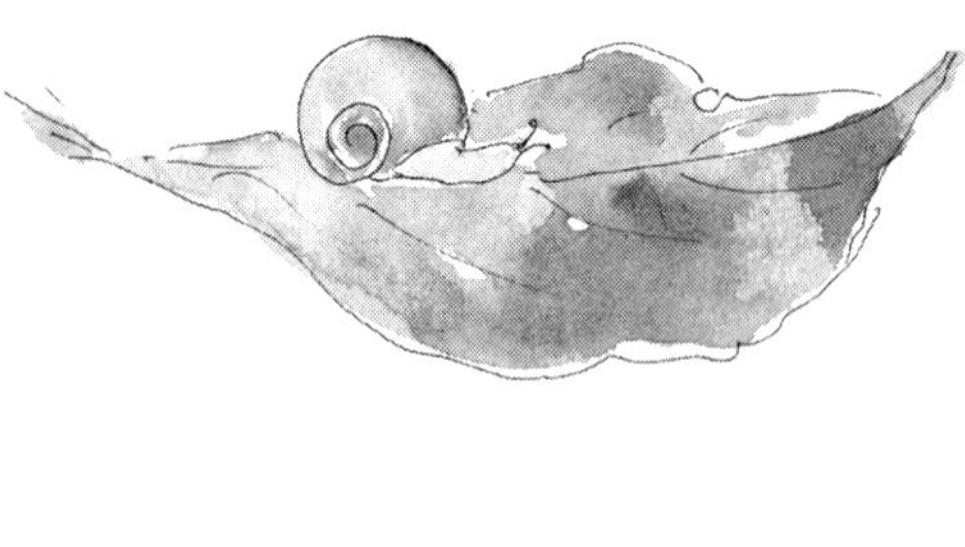

起こる事

起こる事はすべて
いっけん偶然に起こっている
と思われているけれど
本当は
その人の
想いのエネルギーに
裏打ちされて
必然的に押し出されて
起こっているのかも
しれない

その人が
やわらかく
やさしく
輝いて生きられるように…と
必然的に押し出されて
起こっているのかも
しれない

最高のエネルギー

愛のエネルギーと
感謝のエネルギーは
素晴しいエネルギーです

人の心のトゲを抜いて
病《やまい》を癒《いや》してくれる
最高のエネルギーです

だから私はカウンセラー

私と会うとね
何か悩んでいることが
どうでも
よくなっちゃう
みたいなの
こんなに気楽《きらく》そうに生きて
いても　生きられるんだ…
と想うらしいの
悩んでいることが
ちっぽけなこと…みたいに
想えるみたいなの

だから　私は　カウンセラー

私と会うとね
もっとスゴイ人と会うのかと
想って　期待して会うのに
フツーで　フツーで
余りに　フツーで
なあんだ…と想うらしいの
隣近所の人と
同じだと想うらしいの

だから私は　カウンセラー

私と会うとね
何か気楽《きらく》になって
心の中まで
話してしまうらしいの
心の中まで　すべて〳〵
話してしまいたく
なるらしいの

だから私は　カウンセラー

私と会うとね
何か問題が片付いて…
何か問題が
飛んで行ってしまうみたいな
気持ちになるらしいの

新しい自分と
向き合えそうな
気になるらしいの

だから私は　カウンセラー

〝幸せの詩〟をうたい続けたい

いじめられた記憶が
心の引き出しに
しまわれているから
私は
カウンンセラーになりました

手と足が
思うように動かなくなって
歩くことも辛くて
寝ても　起きても
痛くて……

そういう記憶が
心の引き出しに
しまわれているから
私は〝気功〟を教え始めました

そして今　想うのです
私と同じ辛さを
私と同じ悲しみを
私と同じ痛みを
世界中のどの人にも
味わって欲しくないと…

だから私は
〝やさしさの詩〟を
〝愛の詩〟を
〝幸せの詩〟を
うたい続けて行くのです

人はね

人はね　心や魂がある分だけ
いろんな人を　幸せにしないと
動物達に笑われてしまうよ

人はね　心や魂がある分だけ
地球に　やさしくしないと
地球が　悲しんでしまうよ

人はね　心や魂がある分だけ
明るくキラ〳〵生きないと
本当の人生を　歩んでいけないよ

今日《きょう》は

今日は　やさしさを
いっぱ〜い
ふりまけたかな？

今日は　愛を
いっぱ〜い
ふりまけたかな？

今日は　幸せを
いっぱ〜い
ふりまけたかな？

心をゆるめると

心をゆるめると
体もゆるまります

体がゆるまると
細胞が
輝きます

細胞が輝くと
健康になります

お友達になろう

体とお友達になろう
体とお友達になろう
体のやさしいサインを
聞くために

心とお友達になろう
心とお友達になろう
いつまでも
やさしい自分で
いられるように

平和の翼《つばさ》を届けたい

平和の翼を
届けたい

戦争をしている国の
人達へ
平和の翼を
届けたい

どこでも　どこでも
自由に行ける
平和の翼を
届けたい

どこでも　どこでも
自由に飛べる

祈り

戦争で亡くなった
市民の方々が…
戦争で亡くなった
兵士の方々が…

その心が
魂が

やさしい愛に
包まれる様に
キラめきのある
輝きのあるところに

旅立たれる様にと
心の中で
お祈りしました

1章　幸せカレンダー

幸せをあげましょう

幸せを　あげましょう
幸せを　あげましょう
〝愛〟という名の
メッセージを　そえて

幸せをあげましょう
幸せをあげましょう
幸せはエネルギーだから
やさしさに　満ち溢《あふ》れれば
どんな人にも流れ出す
エネルギーだから

人と人との係わりで
傷ついた人々に
戦争で　ステキな夢を
見るのを忘れた
子供達に

幸せをあげましょう

種をまいたら

愛の花の　種をまいたら
愛の花が　咲きました

やさしさの花の種をまいたら
やさしさの花が　咲きました

幸せの花の　種をまいたら
幸せの花が　咲きました

気は心

〝気は心〟だから
やさしい人からは
やさしい〝気〟が

真面目な人からは
真面目な〝気〟が

一生懸命な人からは
一生懸命な〝気〟が

幸な人からは
幸せな〝気〟が

あたりに
流れ出て
いきます

お花がね

お花がね
愛のエネルギーを
くれました

冬の寒さを
包みこむようにと
愛のエネルギーを
くれました

お花がくれた
愛のエネルギーで
私の心も
幸せ色になりました

愛のエネルギーに…

怒りを
愛のエネルギーに
変えよう

悲しみを
愛のエネルギーに
変えよう

不安を
愛のエネルギーに
変えよう

いつでも
やさしい自分で
いられるように

いつまでも
幸せな自分で
いられるように

もらいたかったら

人から　やさしさを
もらいたかったら
人に　やさしさを
あげる人になろうね

人から　愛を
もらいたかったら
人に　愛を
あげる人になろうね

人から　幸せを
もらいたかったら
人に　幸せを
あげる人になろうね

幸せって伝染《うつ》るんです

幸せって　うつるんです

自分を　やさしい想い
温かい想い
キラ〳〵した想いで
包んでいくと

人をやさしい想い
温かい想い
キラ〳〵した想いで
包んでいくと

幸せな想いが
いーっぱい流れ出し
あたりの場所を
あたりの人を
幸せ色に
染めていくのです

幸せ・幸運

〝幸せ〟とか
〝幸運〟というものは
自分で造り上げ
自分で　はぐくんでいくもの
のような気がします

〝幸せ〟とか
〝幸運〟というものは
人にあげて
一緒に幸せになると
ます〳〵ふくらんでいくもの
のような気がします

幸せの度合《どあ》い

嫌いな人が
一人減り
二人減り
しているうちに

嫌《いや》だなあ…と
思っている人が
一人減り
二人減り
していくにつれ

幸せの度合いが
高まっていく
気がします

幸せカレンダー

楽しい予定を
いっぱーいたてた
〝幸せカレンダー〟を
作ってみませんか?

その日が来るまで
楽しい日を
思い浮かべて
毎日　ワク〳〵しながら
待っている…

そんな〝幸せカレンダー〟です

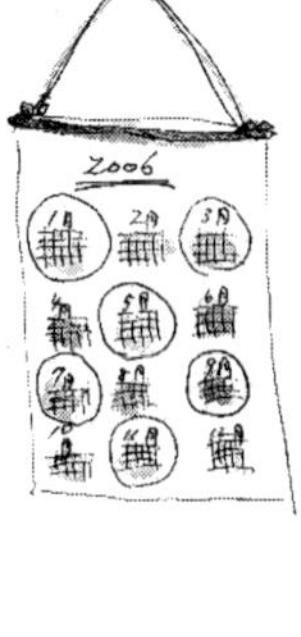

幸せ

幸せは
自分というものがあって
自分の世界があって
そうして
やさしさの溢《あふ》れる
空間があって
感謝があって

心も　体も
ぬくぬくする時

病気とか
不安とかも
幸せのバリアの中に
入っていけないよ

幸せ色のオーラ

人が　身も心も
やさしさと
愛と
感謝で
一杯になると
幸せ色のオーラが
輝き出します

幸せ色のオーラは
四方八方に飛び散る
不思議なオーラです

人の心を温かくして
人の心を癒《いや》し
人の体を治す
不思議なオーラです

温かくやさしい
光のオーラです

すべての人を
幸せにする
奇跡のオーラです

輪を広げて行こう

喜びの輪を
広げて　行こう
まず　自分に
そして　家族に　友達に
そして　日本中に　地球中に
そして　宇宙中に

やさしさの輪を
広げて行こう
まず　自分に
そして　家族に　友達に
そして　日本中に　地球中に
そして　宇宙中に

輝きの輪を
広げて行こう
まず　自分に
そして　家族に　友達に
そして　日本中に　地球中に
そして　宇宙中に

すべての人が
喜びの輪で
包まれるように…

すべての人が
やさしさの輪で
包まれるように…

そして…
すべての人が
輝きの輪で　包まれるように…

幸せ・愛・やさしさ

幸せも
愛も
やさしさも
どこにも　ここにも
いっぱーいあるのです

幸せも
愛も
やさしさも
どの人にも　どの人にも

いっぱーいあるのです

そして
見つけてもらうのを
待っているのです

笑い

笑っているとね
心から笑っているとね

何か　細胞が
喜んでいる
気がするよ

何か　細胞が
一緒に　笑っている
気がするよ

2章　やさしさをいっぱいに…

心

心は
自由だから
森を越えて
丘を越えて
国を超えて
どこまでも　どこまでも
飛んで行けるよ

心は
やさしさが
好きだから
やさしさに
包まれると
光輝やいていくよ

心に
愛が溢《あふ》れると
自分に
人に
ステキな事を
いっぱーい
やってみたくなるよ

心と体は
お友達だから
心がやわらかくなると
体も
やわらかくなるよ

心は
輝きが
好きだから
心が輝くと
あたりの場所も
あたりの人も
輝きで
いっぱいになっていくよ…

言　葉

言葉をゆっくりと
言うと
ゆったりとした　エネルギーが
溢《あふ》れ出します

言葉を
やわらかく言うと
やわらかい　エネルギーが
溢れ出します

言葉をキラ〳〵させると
キラ〳〵したエネルギーが
溢れ出します

たゆたうように

たゆたうように
ゆったりと
のんびりと
生きてみると

せかせかしている人とか
忙し過ぎる人とかの
スピードが
速回《はやまわ》しをしている
ビデオみたいに
あわただしく
写って見えます

のんびり生きる事は
いけない事…なのですか?

あわただしく　「狭い日本」を
かけぬけて〳〵
何か得な事がありますか?

うさぎとカメの競走…
じゃあないけれど
ひょっとしたら
カメのような
ゆったりとした生きかたの方が
最後は「勝ち!」と
なるのでは　ないですか?

やさしさと愛をあげよう

やさしさと
愛を
人にいっぱーいあげようね

たゞだから
出し惜《お》しみなく
人にいっぱーいあげようね

そうすると
やさしさが
愛が
おかえしをしてくれるよ！

心配

心配は
心を配ると書きます

あんまり心を配り
すぎると

エネルギーまで
なくなってしまいます

やさしい人への応援歌

やさしい人を
応援してあげようよ
その人達のやさしさが
あなたの心を
ほんわり包んで
くれるから

やさしい人を
応援してあげようよ
その人達のやさしいエネルギーが
あなたの心と　体を
癒《いや》してくれるから

やさしい人を
応援してあげようよ
やさしい人には
やさしい家族が
いるのだから
その人達も
幸せになれるのだから

やさしい人を
応援してあげようよ
心がぬく〳〵するから
体もぬく〳〵するから

やさしい人を
応援してあげようよ
地球中が
やさしさで
溢《あふ》れていくように…ね

ゆるめる

心をゆったりゆるめ
体をゆったりゆるめ

自然の中に
心がとけこんで
体がとけこんで

そうするとね
あたたかいエネルギーが
心の中に
体の中に
しみこんできます

感謝とやさしさ

感謝とやさしさは
あたりに
いくら播《ま》いても
いいんだよ

どの人も
どの人も

感謝の心と
やさしさの心は
大好きなのだから…

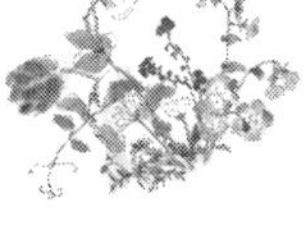

〃いとおしい〃という想い

親を
兄弟を
子供を
孫達を
いとおしいと　想うように
すべての人の命を
いとおしい…と想ったら

戦争も
争いも
この世の中から
消えて行くのだと思います

美しさ

心と魂が
美しく輝くと
顔も体も
美しく輝きます

心と魂が
美しく輝くと
あたりの場所も
美しく輝き出します

限りある命だから

限りある命だからこそ
美しく
温かく
しなやかに
時を刻んでいきたい

慈《いつく》しみ

いつくしみの中に
限りない　愛がある
観音様のように
おだやかな
輝きがある

命

命は
昔《いにしえ》から
ずーっと
ずーっと
結がっているもの

どの人の命も
どの人の命も
同じように
大切で
素晴しいもの

どの人の命も
どの人の命も
すべて同じように
大切で
美しいもの

一人〳〵の命を
大切に
大切に
していきたい

そして　命は
未来　永遠にと
つながっていく…

愛されたい

すべての人は
愛されたいのだと
想います
大人も
子供も
すべて　すべて

いい人も
悪いと言われて
いる人も
すべて　すべて
愛されたいのだと
想います

愛は最上の
エネルギーだから

愛は癒《いや》しの
エネルギーだから

自分を含めて
すべて　すべて

心の中で
魂の中で
愛のエネルギーを
求めているのだと想います

愛とやさしさが溢《あふ》れている世界

愛がいっぱーい
溢れている世界は
やさしさがいっぱーい
溢れている世界は
きっと
きっと
いじめなんか無い

愛がいっぱーい
溢れている世界は
やさしさがいっぱーい
溢れている世界は
きっと
きっと
戦争なんか無い

私は
そんな世界を
少しずつ
少しずつ
まわりの人と共に造り上げていきたい

何も生まれてこない！

憎しみの中からは
憎《ぞう》悪《お》の中からは
美しいものは
何も生まれてこない

3章　地球はゆりかご

地球はゆりかご

地球は
おおきな　おおーきな
ゆりかごなんだよ
だから人間は
いばっちゃあ
いけないいんだよ

動物も
植物も
私達と同じ
ゆりかごの住人なんだよ

だから　地球の
やさしい子守歌が
♫ ねんころ　ねんころ
ねんねんころり～ ♫ と
心の中まで　響き渡るように
ゆりかごを大切に〱
守っていかないとダメなんだよ

空と海

空をね
青いお空にもどして…
海をね
青い海にもどして…

そうすると
みんなの心も
もっと　もっと
やさしくなって
いきそうです

動物・植物

動物も
植物も
限りなく〝愛〟を注ぐと
やさしさをくれるよ
パワーをくれるよ

万葉　野の花

考えてみれば
万葉の野の花が
今まで
生きていた
そのけなげさが
何事にも変えられない程
美しく思えます

ほたるの灯《ともしび》

ほたるの灯は
美しい光です
木がほたるで
埋《う》めつくされると
ほたるの木が
できるといいます

ほたるの灯は
小さな〳〵
光です
でも　いっぱい集まると
おおきな
おおきな
光になります

人の心の灯も
一人〳〵の灯は
小さくて
弱いかもしれないけれど

それが
いろいろな所で
日本中に
世界中に
またたき始めたら

日本中が
世界中が
やさしい光で
埋めつくされていくと思います

毛　虫

毛虫が
ぬくぬく
モゾモゾしながら
歩いているよ

何か
見ていると
体がゾゾーっと
して来たよ

毛虫は
ちっとも
悪くないのにね

オーケストラの一員

人はね
大自然の中で
動物達と…
植物達と…
〝愛〟という名の
曲を奏《かな》でる
オーケストラの
一員なんだよ

だから
動物達と
植物達と
一緒に
やさしく
キラめいて
曲を奏で続けなければ
いけないんだよ

地球の叫び

地球を
青く
美しく
輝く地球に
速く戻して…

いい人が
いっぱい〱
いる地球に
速く戻して…

やさしさが
いっぱい〱
溢れる地球に
速く戻して…

異常気象が
天災が
争いが
これでもか〱
と起こる前に
美しい地球に
速く戻して…

そんな
地球の悲しい叫びが
心のどこかに聞こえて来ます

海が好き

私は　海が好き
青い〳〵海が好き
だぶん〳〵と
波が好き

なあんもない
海が好き

うち上げられた
貝が好き
しっとりとした
砂が好き

遠い〳〵外国と
つながっている
海が好き

タンポポの種

タンポポの種は
風に乗っかって

ふんわり
ほんわり

幸せな場所を
探してでも
いるように

ふんわり
ほんわり

雨の降る前

雨の降る前は
なんだか
空気が〝ふるる〟って
振動している気がするよ

雨の降る前は
なんだか
植物がうれしがって
いつもより　葉っぱを
〝しゃき〜ん〟と
持ち上げている
気がするよ

雨が降る前は
なんだか
カエル達が
〝あめ〳〵降れ　降れ〟と
いつもより　ちょっと
力強く　心をこめて
歌っている気がするよ

かなわない

どんなきらびやかな
ネオンも
お星様の光には
かなわない

どんな明るいライトも
お陽様の輝きには
かなわない

どんなミラーボールも
お月様のメルヘンには
かなわない

人にやさしいこと

人にやさしいことは
自分にやさしいこと
人にやさしいことは
自然にやさしいこと
人にやさしいことは
地球にやさしいこと
人にやさしいことは
宇宙にやさしいこと

気がつこう

気がつこう
地球が
いじめられすぎて
悲しんでいることに

気がつこう
やさしい人
弱い人が
暴力という名に
おびえていることに

気がつこう
鳥や
動物達や
植物達が
愛の詩《うた》を
叫び続けていることに

気がつこう
お星様や
お月様や
太陽さん達が
暗い闇夜を
明るく照らして
くれていることに

ありがとう

ありがとう
ありがとう
お陽様《ひさま》
ありがとう
明るい光を
ありがとう

ありがとう
ありがとう
雨さん
ありがとう
恵みの雨を

ありがとう

ありがとう
ありがとう
地球さん
ありがとう
回ってくれて
ありがとう

ありがとう
ありがとう
先祖の皆さん

ありがとう
守ってくれて
ありがとう

ありがとう
ありがとう
お友達
ありがとう
楽しい時を
ありがとう

ありがとう
ありがとう
体さん
ありがとう
いつも〳〵
動いてくれて

本当《ほんと》に〳〵
ありがとう

ただ一つ　ただ一人

自分は一人
世界中で
ただ一人

地球も一つ
宇宙で
ただ一つ

すべての人も一人
世界中で
ただ一人

一人だから……
一つだから……
みんな　みんな
とっても　とっても
大切なもの

大きな宇宙

大自然のぬくもりを
感じながら
芝生の上で
寝っころがりながら
自分の心の中にある
宇宙を
どん〳〵
どん〳〵
広げていこう

本当の宇宙の広がりも
どん〳〵
どん〳〵
広げていこう

自分の心の中の
宇宙と
本当の宇宙が
無限大に広がっていくと
本当に大切なものは
〝愛〟なのだなぁ……
と想います

一人ぼっち

小さな頃
人がいっぱいいると
喋れなくて
一対一なら
喋れるのに
いっぱいになると
喋れなくて
どうしたら
いろんな人と
喋れるのかなぁ…
どうしたら
明るく

なれるのかなぁ…
どうしたら
お友達がいっぱい
できるのかなぁ…と
小さな心を痛めました

今は
いっぱーい
いっぱーい
お友達がいて
楽しい時が過ごせます

でも　想うのです

一人ぼっちの時があったから
私は一人ぼっちの人の
さみしさがわかる

一人ぼっちの時があったから
人の心のやさしさが
身にしみる

一人ぼっちの時があったから
虫と
鳥と
動物達と
お友達になれたと
一人ぼっちの時があったから

太陽と
星と
月と
地球と
大自然を
心の中から
愛することが
できるようになったと

一人ぼっちの時があったから
〝本当の自分〟と
巡り合うことが
できるようになったと…

4章　親と子と

やさしい目

やさしい親に　愛される
赤児《あかご》の目は　やさしいね

やさしい親ネコに愛される
子ネコの目も
やさしいね

いつまでも
その目のやさしさが
つづいていると
いいですね…

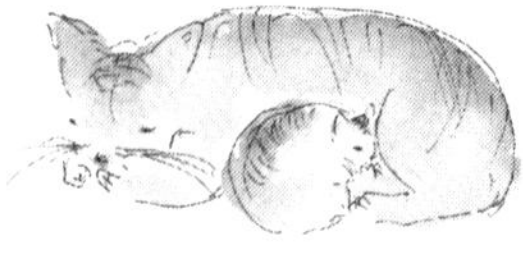

天使のおしゃべり

小さな小さな
子供の天使が
お母さん天使に
聞きました

〝ねぇ、お母さま
お母さま
私の羽と
Aちゃんの羽と
どっちがきれい
どっちがステキ?〟

お母さん天使は
ほゝ笑みながら
やさしい声で
子供の天使に
言いました

〝Aちゃんの羽も
あなたの羽も
みーんな〱
とっても　きれい
みーんな〱
とってもステキ〟

ほめる

ほめるということは
伸ばすと言うこと
ほめるということは
相手の心と魂を
キラめかせること

子供は…

子供は
親を選べないから
子供に
あー　お母さんの子で良かった…とか
あー　お父さんの子で良かった…とか
思われる
親になろうね

ほめてみよう

ちょっとでも
良くなったら
思いっきり
子供をほめてみよう

子供の眼が
喜びで満ち溢れるから

子供の心が
うれしさで
いっぱいになるから

ほんとうに
ちょっとのことでも
いっぱい〳〵
ほめてみよう

サボテンと子育て

小さなサボテンを
いーっぱい売っている
お店で
こんな張り紙を
見つけました

〃サボテンに
毎日
やさしい言葉で
話しかけてください
サボテンが立派に
育ちます〃

この張り紙を見ながら
あ、　子育ても
きっと同じだったのだなぁ…
と想いました

〃子供に毎日
やさしい言葉で
話しかけてください
子供が立派に育ちます〃…

だったんだな〜と想います

「親」という字

立って　木のそばで
じーっと見ているのが
「親」だから

あんまり怒りすぎると
あんまり口出しすぎると

オヤ・オヤに
なってしまうよ

親子の関係

心をゆるめ
体をゆるめ
ゆったりとした
会話を楽しむと
親子の会話も
温かくなる気がします

心をゆるめ
体をゆるめ
温かい想いを
伝えていく方《ほう》が
親子の関係が
やわらかくなる気がします

赤ちゃん

始めて　赤ちゃんが
できた時
こわくて〳〵

お人形みたいで
お人形じゃあなくて
たゞたゞ
泣いている
赤ちゃんを見て

こわくて〳〵

赤ちゃんが
泣いていると
私も泣きたくなって
ミルクをあげながら
しょっぱいものが
伝わって来て

赤ちゃんから離れて
自由になりたくて
自由になりたくて

そうしていつの間にか
30年が　たちました

電車に乗って
赤ちゃんをだっこしている
若いお母さんの姿に
とおーくの記憶がだぶります

子供に

子供に
ゆったりとした時間を
返してあげよう

子供に
自然とたわむれる時間を
返してあげよう

子供に
友達と遊び回る時間を
返してあげよう…

子供の目が
いつまでも
キラ〳〵輝けるように

子供が
夢に向かって
歩《あゆ》み続けられるように

子育て

子育ては
同じ目線で
見てみると
やさしい想いが溢《あふ》れます

ほのぼのとした物語

夕焼けのお空はね
本当はお空が
お日様の　熱い想いを受けて
はじらっているんだよ
あったかーい　愛のエネルギーを
もらって　　はじらっているんだよ

お月様にはね
うさぎさんが二匹いて
ペッタン〱
おモチをついているんだよ
おいしいおモチが
できますようにって
ペッタン〱
おモチをついてるんだよ

サンタさんはね
本当に　フィンランドにいてね
ソリに乗って
世界中の子供達に
プレゼントを届けてあげているんだよ

子供達の笑顔が見たいから
トナカイに乗って
クリスマスの夜に
プレゼントを運び続けているんだよ

ほのぼのとした物語は
子供の心に　届きます

子供が寝いきをたててます

子供が寝いきを
たててます

スースースースー
安心しきった
子供の顔は
天使のように
おだやかです

子供が寝いきを
たててます
カッチン　カッチン　カッチン

平和な時が
流れていきます

くたびれ切った母親が
コックリ〳〵　しています
平和な時が
流れていきます
やさしい愛が
溢《あふ》れていきます

5章　いじめては　いけないよ

悲しみを知っていますか?

しいたげられた人々の
悲しみを　知っていますか?
いじめられている人々の
悲しみを　知っていますか?
馬鹿にされている人々の
悲しみを　知っていますか?
その人達が持っている
きれいな心を　知っていますか?

傷つくのはみんな同じ

体への暴力でも
言葉での暴力でも
傷つくのは
みんな同じ

心が傷つけば
体も傷つきます

体が傷つけば
心も傷つきます

象のいたわり…

象は
弱いものを
体中で愛す
心をこめて
かばう

象は
傷ついたものを
体中で愛す
心をこめて
かばう

ゾウは
子供を
体中で愛す
心をこめて
かばう……

私達は
〝文明〟という名のもとに
この弱者への
やさしさを
弱者への
いたわりを
心のどこかに
置き忘れてきたのでは
ないのだろうか?

意地悪されたら

意地悪されたら
キラ〳〵しよう!

いじめた人は
きっと
あなたの
やさしい心が
羨《うらや》ましいのだから…

いじめたぶんだけ

いじめている人が
そのいじめた分だけ
自分の心を
自分の体を
傷つけていることに
気付けば

いじめている人が
そのいじめた分だけ
心の中の
幸せの青い鳥が
弱ったり
鳴けなくなったり
することに

気付けば

いじめている人が
そのいじめた分だけ
いつか自分も
同じ様に
いじめられてしまうという
事実に
気付けば…

もっと〳〵
悲しいいじめが
減っていくのでは
ないですか?

意地悪する人

意地悪する人は
あなただけに
意地悪をしているんでは
ないんだよ

いろんな人に
いろんな所で
意地悪しているんだよ

だから
傷つくことはないんだよ

いじめ

人をいじめると
自分の心も
悲しむんだよ

人をいじめると
自分の体も
傷つくんだよ

人をいじめると
いつか自分も
同じように
いじめられてしまうんだよ

いじめられた傷口

いじめられた傷口を
やさしさが　そっと
包んでくれました

いじめられた傷口を
愛が少しずつ
治してくれました

いじめられた傷口を
時間がやさしく
ふさいでくれました

でも　これだけは
知って欲しい

いじめられた傷口は
絶対〝0〟にはならないことを…

そして覚えていて欲しい
いじめられたことで
崖っぷちに立たされたり
心を病んだり
死を選んだりする人が
たくさん
たくさん
いることを…

そして気付いて欲しいのです
やさしい人や
魂が美しい人が
その悲しい犠牲の
標的にされていることに…

傷つきやすい心

傷つきやすい心の中には
やさしさと
愛が
いっぱーい
つまっています

やさしい
温かいぬくもりを
求めながら
傷つきやすい心は
今日も
自分と…

世間と…
戦っています

いじめられている人の心の中で

いじめられている
人の心の中で
やさしい心と
弱い心と
強くなりたい心と
みかえしたい心が
入り混じって
戦っている

いじめられたから

いじめられたから
人にやさしくできる
いじめられたから
人をいじめる
ことをしない
いじめられたから
いじめられている人々の
悲しみがわかる
いじめられたから

いじめた人の
心の弱さ
心の寂しさがわかる
いじめられたから
輝いて
輝いて
生きることの
大切さを知る

引きこもりの人達へ

引きこもりの人達は
やさしいの
やさしすぎるから
ひきこもってしまうの

引きこもりの人達の心は
傷つきやすいの
美しいから
傷つきやすいの

引きこもりの人達の心は
温かいの

温かいエネルギーが
いっぱいつまっているの

あまりに心がやさしくて
あまりに心が美しすぎて
あまりに心が温かすぎて

今の社会は
きびしすぎるの

やさしく
温かい

思いやりのある社会が
できたら
きっと
きっと
主役になれるよ

だからね
夢を捨てないでね
好きなことを見つけて
それをやり続けてね

やさしい心と
美しい心と
温かい心を
いつまでも
いつまでも
守り抜いてね

あとがき

気というものに巡り合って十八年。

十年間の呼吸法にひたりきった日々。

そうして、それから離れて、李先生に巡り合った六年前。

李先生は、NHKや民放のTVに出演したり、実験に関わったり、気功治療や気功教室をなさったりと、多方面に活躍していらっしゃる方でした。

最初に娘が「習いたい」との手紙を出したところ、「一緒に手伝ってください」とのお手紙をいただき、びっくり致しました。

そうして、「世界中の人に私の気功を教えるのを手伝ってください」と言われ、私もTVの気功番組に娘と一緒に助手で出たりしていました。


自分の教室を持ったのが四年前。

何故か、猛烈に詩が書きたくなり、その頃一挙に三ヶ月位で、一二〇〇程の詩を書きました。

そうして今、湘南地区を中心に十一教室、四ヶ所で延べ八十名を越えております。

カウンセラーの資格も取りました。

今は、お教室の生徒さんで、必要だなぁと想う時にカウンセリングの時間を作ることにしています。


李先生から、気功治療の方法を教わり、いろ〳〵な方々の体を拝見して、もう二〇〇人は越えたでしょ

ていきます。今は、皆さんが一番最初にお教室に入られる時だけ、ここがゆるみがないとかいったことを、お教えしています。

うか?

そうして、自分で体をこすったり、軽くつまんだり、やわらかく押す(指圧)などしていくと、血の流れや、気の流れが良くなって、滞《とどこお》りが取れていくのです。

体とお友達になって、体さんありがとう…そんな気持をもつようになると、体も心ものびやかに若々しくなっていく気がしています。

お教室にいらっしゃる皆さんも若々しくなり、笑顔が素敵になり、輝いていらっしゃるのです。

心も体も、キラ〱させながら、ゆったりとやわらかくやさしく自然に生きたら、何か一二〇歳まで生きるのもフツーかなって、そんな気持になっています…。

そうしていろ〱な方々とふれ合ってわかった事は、人は輝いて〱、感謝のエネルギーを出す事がとっても大切なのだ…という事です。

自然に対する感謝、宇宙に対する感謝、自分の心に対する感謝、自分の体に対する感謝、会う人〱に対する感謝、自分を含めてすべての人々の祖先の方々に対する感謝……。

そうすると、心と体がゆるんで、いいことや楽しいことが、たくさんやって来ます。運も良くなって、欲しい物や楽しい情報なども、すぐ手に入れる事ができる様になっていきます。

そして言葉もやわらかく言うと、相手の心の奥底まで届いて、相手の方をゆるませてあげることも出来るのです。

今、お教室では、気功整体、気功マッサージ、願望達成気功、リラックス気功、若返り気功（仙人の法etc）を教えております。そのうちに、東京あたりでも、お教室を持ちたいなぁ…と想っております。

この本のさし絵を描いていただいた阿見みどり様にお会いしたのも、気功教室にいらしていただいたからです。そうして、その御縁で「銀の鈴社」で本を出す事ができました。とっても感謝しております。気功を通して、本当に素晴らしい方々と巡り合わせていただいて…お教室の皆さんすべてに感謝しています。

そして、この本を手に取って読んでくださった皆さんにも、感謝の気持ちでいっぱいです。

また皆さんが、この本を心の支えにしてくださって…お子様を始め、ご家族や会う方〳〵に、やわらかく、温かくキラめいた態度で接し、自分を含めて会う人〳〵を幸せにしていただけたら、とってもうれしいです。

何かのご縁で、皆さんと私…あるいは、私の気功に巡り合える機会があることを、楽しみにしております。

からしま☆としこ

略　歴

からしま☆としこ

東京学芸大学附属高等学校を出、白百合女子大学国文科卒業。

西野式呼吸法を10年学び、その後気功の李紀星先生に師事。

気功治療士の資格及び気功講師の資格を取得。

日本カウンセリング学院を卒業し、カウンセラーの資格を取得。

湘南地区を中心に「からしま☆としこの若返り気功」及び「カウンセリング気功」の教室を開催。「キララの会」を主催。

その体験を基に、独自な詩を創作している。

表紙画・さし絵

阿見みどり

長野県飯田で生まれ、茨城県阿見町で少女期を過ごす。東京女子大学卒業。野の花画家。日本画家長谷川朝風（院展特待）に師事。万葉学者の父のもと、幼少の頃より万葉集に親しむ。本の装丁・挿し絵等も手掛ける。奈良県立万葉文化館・大原美術館（倉敷）・市立小杉放菴記念日光美術館・高岡市万葉歴史館・ポーラ美術館（箱根）などに「阿見みどりミュージアムグッズコーナー」がある。

毎年晩秋に居住地鎌倉で原画展を開催。

教室案内

KKR 鎌倉わかみや教室	鎌倉市由比ヶ浜4－6－13 TEL 0467－25－4321
柳川クリニック教室	鎌倉市西鎌倉1－18－3 TEL 0467－33－0857
鎌倉文化倶楽部教室	鎌倉市津707 TEL 0467－31－7484
腰越学習センター教室	鎌倉市腰越864 TEL 0467－33－0712

やさしい心で
気功と気によるカウンセリングによりそって　NDC154 128頁 188㎜×128㎜
2005年9月30日　初版発行　1000円＋税
からしまとしこ著©／阿見みどり画©
発行者／西野真由美
発行／銀の鈴社　〒104-0061 東京都中央区銀座1-5-13-4F
TEL03-5524-5606　FAX03-5524-5607
http://www.ginsuzu.com　info@ginsuzu.com
印刷／電算印刷　製本／渋谷文泉閣

Printed in Japan　ISBN4-87786-337-0　C0036